Janssen & Janssen

Der Labrador im Sprachlabor

Schön schräge Gedichte

Henselowsky
Boschmann

Hubertus A. Janssen, Jahrgang 1964, ist als westfälischer Grenzgänger in Warendorf an der Ems aufgewachsen; er wohnt in Recklinghausen. Seit vielen Jahren dichtet er für die Funke Mediengruppe und für den Landwirtschaftsverlag in Münster. Er ist der Erfinder des „Landwirtschaftlichen Feuilletons“. Kurze Kurztexte sind seine besondere literarische Leidenschaft. Grenzübergänger Janssen arbeitet als Arzt unweit eines Schiffshebewerks, wenn er nicht gerade liest oder dichtet. Im Verlag Henselowsky Boschmann ist sein Buch „Der Lurch hält durch“ erschienen. Eine Live-Lesung gemeinsam mit Jens Dirksen wird auf dem Hörbuch „Kohle, Kappes, Koniferen“ festgehalten.

Peter Janssen, Jahrgang 1955, lebt als Architekt i. R. mit Familie in Lippstadt, dem Venedig Westfalens. Aufgewachsen in Warendorf, hat er dort seine Jugend verbracht – nicht auf Pferden, sondern auf Mopeds, Bäumen, in Erdhöhlen, im Wald und in Turnhallen. Während der Schulzeit hat er, zur Freude der Klassenkameraden, die Eigenarten der Lehrkörper im Unterricht analysiert und zeichnerisch festgehalten. Gemäß seinem Motto „Die Tat ziert den Mann“ zögerte er keine Sekunde, in das neue Buch seines Bruders zu zeichnen.

Boschmann und Bunpanya-Boschmann GbR
Schützenstraße 31 · 46236 Bottrop
post@vonneruhr.de · www.vonneruhr.de
1. Auflage 2021
ISBN 978-3-948566-11-1
Illustrationen: Peter Janssen
Druck: Friedrich Pustet GmbH & Co. KG, Regensburg

INHALT

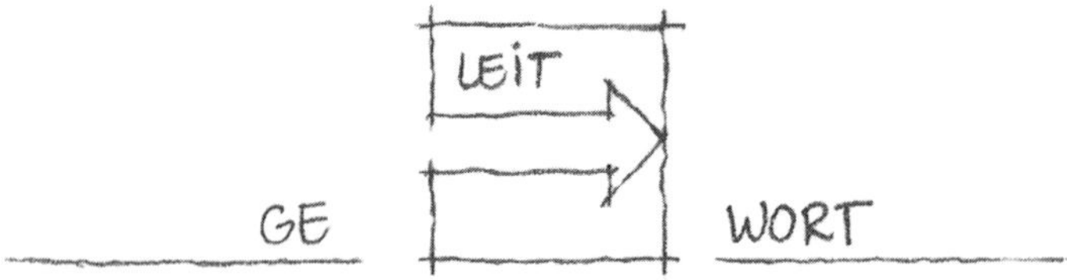

REIMZEIT FÜR EINE KURZE WEILE

Im Kulturhauptstadtjahr 2010 stand plötzlich ein Dichter in der Redaktion und verlangte Gehör. Zu Recht. Denn die Texte von Hubertus Alfred E. Janssen brauchen den Klang, vielleicht mehr noch als andere Gedichte. Janssens lyrischlaunige Wortmusik ist in ganz eigener Weise gebaut auf Reim und Rhythmus. Wie jede gute Musik spielen sie gekonnt mit Pausen, Verzögerungen und überraschenden Paukenschlägen. Es ist ihre Eigenzeit, die so entsteht, wächst und nicht vergeht bis zum unverlängerbaren Schlusspunkt. Diese Eigenzeit macht Janssens Gedichte unverwechselbar, fälschungssicher sozusagen, mit einem Sicherheitsfaden aus Reim und Zeit. Schließlich haben wir es mit dem Erfinder des Kreuz- und Querfeldein-Reims zu tun.

Viele dieser Verse nehmen uns nämlich an die Hand und führen uns in die Natur — wohl wissend, dass Dichtung stets eine metaphysische Übersprungshandlung ist und erst jenseits von Feld, Wald und Wiesen beginnt. Auch Naturdichtung überschreitet schließlich die Grenzen des bloß Physischen, des Kreatürlichen. Wollte man aber all die Tiere zählen, die in Janssens Gedichten landen, man wäre vielleicht nicht mit dem Jägerlatein am Ende, aber man bekäme zusammen mit einer hohen Zahl einen ansehnlichen Zoo zusammen, von Buntspecht bis

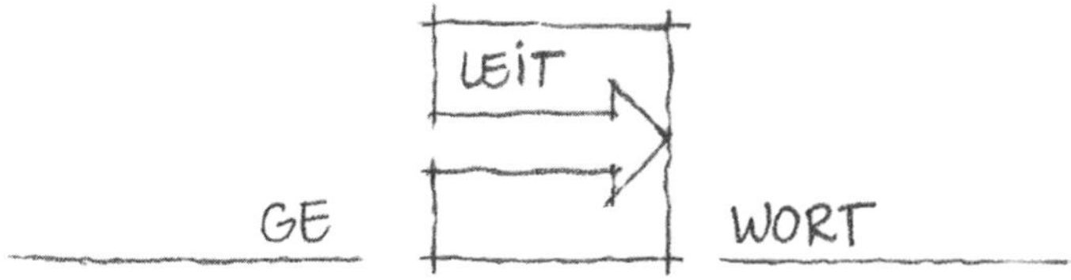

Zaunkönig, vom Hüttenuhu bis zum hungrigen Wolf. Übertiere allesamt, denn sie alle können denken, sprechen – ja reimen. Auch die Schwarzpappeln aus der Janssenschen Wortzucht können laufen und die Weiden ihre Köpfe schütteln vor dem drohenden Kettensägenmassaker. Auch ein Baum ist nur eine Art Mensch, haben wir von Peter Wohlleben gelernt – höchste Zeit also, dass einige von ihnen mal das Wort ergreifen.

Im tiefsten Herzen dichtet Hubertus A. Janssen also als ein später Romantiker, der fest an das Alles in einem und das Eine in allem glaubt, an beseelte Natur und naturtrunkene Seelen. Neben aller Satire, allem Scherz und aller Ironie schleicht sich immer wieder tiefere, ja weise Bedeutung in die lyrische Melodie – bis hin zu melancholischen Tönen.

Die Gedichte von Hubertus A. Janssen, Spiegel eben des ganzen Lebens, sind meistens viel zu kurz, als dass sie je langweilig werden könnten. Vor allem aber sind sie immer viel zu kurzweilig, als dass sie je lang erschienen, selbst wenn sie mehr als zwei Dutzend Verse umfassen. Dutzendware sind sie ohnehin nie. Aber hochkonzentriert. Deshalb sollte man dieses Buch vielleicht Kapitel für Kapitel lesen. Man hat dann auch länger etwas von der Kurzweil.

Jens Dirksen

Warum sind Sie nicht Bauer geworden, mit Schafen, Milchkühen, Misthaufen und Kopfweiden?

Lachen Sie nicht, aber mit all den Genannten bin ich zusammen aufgewachsen; mein Vater war Förster, so wie sein Vater. Und wo lebten die Förster? Genau: am Waldesrand und auf dem grünen Lande.

Und warum dann nicht Bauer … oder Förster?

Weil ich mit Anfang zwanzig nach einem Jahr der Arbeit und des Lebens im Wald als Forstadjunkt, also als Gehilfe des Försters, herausgefunden habe, dass ich besser als Arzt sein würde. Forstlich und landwirtschaftlich bin ich heute gern in meinen Gedichten, Geschichten und – nun ja – auch im Leben unterwegs.

Schon mal bereut?

Nein. An keinem Tag.

LANDWIRTSCHAFTLICHES FEUILLETON

HANS

SCHAF SEIN

Alle Böcke heißen Hans.
Alle Schafe heißen Liese.
Alle wedeln mit dem Schwanz.
Alle knabbern an der Wiese.

Alle folgen sie dem Schäfer.
Alle schrecken sie vorm Hund.
Alle mögen keine Käfer.
Alle sind sie schwarzweißbunt.

Alle fürchten sie den Fuchs.
Alle tragen volle Wolle.
Alle schmecken sie dem Luchs,
und so endet ihre Rolle.

Alle Böcke hießen Hans.
Alle Schafe hießen Liese.
Alle waren voll und ganz
einmal Schaf auf einer Wiese.

GARTEN-EDELSTEIN AN MANGOLD

Der Rosenkäfer glänzt goldgrün,
krabbelt in seinem Glanzkostüm.

Fliegernder Garten-Edelstein,
das soll sein zweiter Name sein.

Als Tropenkäfer weltbekannt,
liebt er das Ems gekühlte Land.

Er ist ein nützliches Getier,
saugt Saft, saugt Obst, Salat, kein Bier.

Und hockt derweil an Mangolds Grün
in seinem Fliegerglanzkostüm.

DIE HOFJAGDGEHILFENUNTERKUNFT

Die Schwarzpappeln marschieren stumm
ums Jagdgehilfenhaus herum.

Denn:
Leise schickt der Jäger Meister
(alle denken: Scheibenkleister!)
einen sehr kleinlaut schmalen Ton
quer durch sein Horn per Mikrofon.

Doch:
In Jagdgehilfens Unterkunft,
regt sich die Jagdgehilfenzunft.
Ernüchtert von des Meisters Ton,
umkreisen sie das Mikrofon.

Dann:
Klingt der Swing der grünen Socken.
Und die Schwarzpappeln: Sie rocken!

PLÄDOYER FÜR DIE MILCH

Die Milch, vom Säuger eingesogen,
mal wieder durch Kakao gezogen.

Die Milch, der Knochenaufbausaft,
mal mehr politisch abgestraft.

Die Milch, ursprünglich Lebensquelle,
gerinnt in Bürokratenhölle.

Die Milch, der weiße Leckerschmecker,
der nicht nur Müdemenschenwecker,
ist ein natürlich hohes Gut,
dem Wertverfall nichts Gutes tut.

Denn Milch, aufs Feld raus durch die Fräse,
schafft nichts als analogen Käse!

LANDLUFT

Der Tag bricht an,
dampft sanft heran.

Im Sonnenlicht
der Haufen bricht.

Misthaufenidylle.
Mit Gülle
in Hülle
und Fülle.

ERNTEHELFER

Mann sitzt auf einem Baume,
spaltet dort eine Pflaume
und denkt so sehr an Nix.
Verzehrt die Pflaume fix.

Zuvor gab er Gefasel
von sich und saß auf Hasel.
Und dachte dort sehr fix:
Von Hasel ess ich nix!

RIND IM WIND

Das Rind im Wind
beginnt den Sprint
mit Rückenwind.

Im Rückenwind
besingt das Rind
beschwingt den Wind.

Das Rind im Sprint
fühlt sich wie Wind
mit Rückenwind.

Beschwingt im Sprint.
Im Rücken Wind.
Das Rind ist Rind.

DIE KOPFWEIDEN, DIE ANNA UND DIE ZEIT

Die westwestfälische
Isabell Pumpernickel
aus Haltern am See, die
unter dem Pseudonym
Anna Kappes als
Kettensägenkünstlerin auftrat,
traute ihren Augen nicht, als
neulich im März, kurz vor der
Ausübung ihrer Kunst, mit dem
Tätigkeitsschwerpunkt
Kappen von Kopfweiden,
das Folgende geschah:

Anna war gerade dabei, ihre Säge
anzuwerfen, als sämtliche Kopfweiden,
die den Bachlauf zwischen Wiese
und Acker säumten, heftig
die Köpfe schüttelten, nachdem
sie sich gegenseitig eine Art Karl-Lagerfeld-Zopf
aus ihrem Astgeflecht
gebunden hatten, soeben entwurzelt auf und nieder
sprangen und ihr, der Anna,
im Chor unentwegt entgegenschrien:

Kopfweidenkappen ist unzeitgemäß!
Kopfweidenkappen ist unzeitgemäß!
Anna, lass es sein!

Isabell Pumpernickel,
in Kettensägenkünstlerkreisen
als Anna Kappes bekannt,
wich drei Schritte zurück,
schwieg westfälisch, zeitgleich verstört,
senkte ihre abgeschaltete Säge,
erklomm den grünen alten
Fendt Traktor
und tuckerte davon.

Vor ihrem Nottulner Atelier angekommen,
formte sie aus diesem,
mit singender Säge, schnippschnapp,
eins zwei drei, zwei rechts, zwei links,
einen einfachen Hühnerstall,
bestellte tags darauf beim Bauer
Clemens Schulze-Kusselkopp
zwei Paar Grünleger und
widmete sich fortan ausschließlich
der privaten Hühnerzucht.

Kopfweiden mit Karl-Lagerfeld-Zöpfen
wurden in der
Gegend nie wieder gesehen.
Isabell Pumpernickel blieb
für den Rest ihres Lebens
Isabell Pumpernickel.
Und im Westen Westfalens
endete eine Epoche der
Kettensägenkunst
des Kappens von Kopfweiden.

Moral: Das Zurückschneiden von Kopfweiden ist nur
von November bis Februar gestattet.
Niemals aber im März.

THEOBALD TAUBE

für Werner

Wer ist leicht, fliegt hoch zur Gaube?
Theobald, die Turteltaube.
Ist grauweiß, geschickt im Fluge?
Theobald, der Neunmalkluge.

Wer kann mehr als simpel surren?
Theobald, im Meistergurren.
Wer schlägt jeden Postzusteller?
Theobald, präzis und schneller.

Wer brilliert eigen im Kopfe?
Theobald, knapp überm Kropfe.

ALTER ACKER IN EUROPA

Ein alter Acker in Westfalen
gab mir seine Gedanken mit,
erzählte sorgenvoll von Zahlen,
der Ernte und Europas Qualen,
als neulich quer ich ihn durchschritt.

FUCHS DU HAST DIE GANS …

Mit Mythos mal aufgeräumt

Der Fuchs, der futtert keine Gans,
reißt sein buntes Allerlei.
Mit Hühnern, Hasen, Wachtelschwanz
verschnürt er seinen Raubzugtanz,
Gans jedoch ist nie dabei.

OSTER HASEN TEMPO

Der Hase spielt gern Fang-Mich-Mal,
schlägt Haken wie ein Zitteraal.
Durch Wald und Feld und Wiesengrund,
früh morgens und beim Abendrund.
Ostern, als Osterhase dann,
zieht er sein Tempo noch mal an.

DER KRANICH, DER MOORHASE UND DAS LICHT

Ballade

Es schlafen die Birken im dunklen Moor,
der graue Kranich schreitet hervor.
Im Morgennebel senkt's Haupt und hebt's an,
so, wie die Urahnen es schon getan.

Der Tau schmelzt den Frost, die Sonne zieht auf,
der Tag bricht an und bahnt seinen Lauf.
Der Kranich trompetet tief in den Wald
den Schrei seiner Väter, der nie verhallt.

Unten, da unten in feuchtem Grase
drückt sich und sonnt sich im Moor der Hase.
Kranich, oh Kranich, siehst du dieses Licht?
Ja, spricht der Kranich, erblinde nur nicht!

Dem Lichte so nah, auf sanfter Sohle,
hungrig der Wolf, ganz ohne Gejohle,
verfolgt auf totem Holz und der Heide,
den Moorhasen bis hin zur Trauerweide.

Oh nein, oh nein!, so schreiet der Hase,
im Feuerlichte lebt die Oase!
Derweil die Winde die Wipfel streichen,
im Sonnenlichte die Moose bleichen.

Erneut des Kranichs Stimme erschallt:
Hab Acht, oh Hase, er ist hier im Wald!
Wer Kranich? Wer? Frost, Nebel, der Tau?
Das Licht, das ich sehe, ist himmelblau.

Nein, Hase! Nein, nicht sprech ich vom Licht!
Nicht sag ich, dass Wind die Stille bricht!
Hab Acht, oh Hase! Er schleichet im Wald!
Durch seinen Fang bist auf ewig du kalt!

Wer Kranich? Wer nur, würde es wagen,
im Walde, im Moor mich zu erschlagen?
Klangen die Worte, die zuletzt er sprach,
als Isegrim ihn, den Hasen, erstach.

Es fächert der Nebel still übers Moor.
Der Kranich hebt sich zum Himmel empor,
wirft seinen Gesang zurück in den Wald,
das Lied seiner Väter, das dort verhallt.

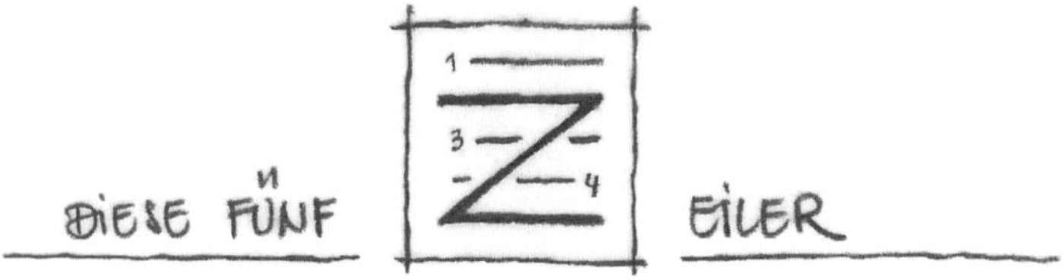

Sind Fünfzeiler erotisch?

Nun ja, Erotik ist ein großes Wort für einen irdischen Fünfzeiler. Lasse ich mich auf diesen Begriff ein? Klar, wenn damit die Erscheinungsformen der Liebe schließlich in Wörtern aufleuchten. Mit all ihren Reizen, die in vier Zeilen ja nicht zu fassen sind. Die fünfte Zeile ist somit das gewisse Etwas, das i-Tüpfelchen sozusagen, welches das Gedicht zur Vollendung trägt.

Gibt es Vorbilder?

Zum Fünfzeiler, seiner besonderen Herausforderung und Melodie haben mich Rainer Maria Rilke und andere altvordere Dichter finden lassen. Ja, es ist die Form, diese Geschlossenheit, die Kürze, gefüllt mit Länge, Inhalt. Und natürlich der Reim, der etwas unprätentiös aufschlägt.

Wie „Holzminden" und „binden" in Ihrem Gedicht „Baumschulverweigerer"?

Genau! Wer will sich schon schulisch binden, in Holzminden …

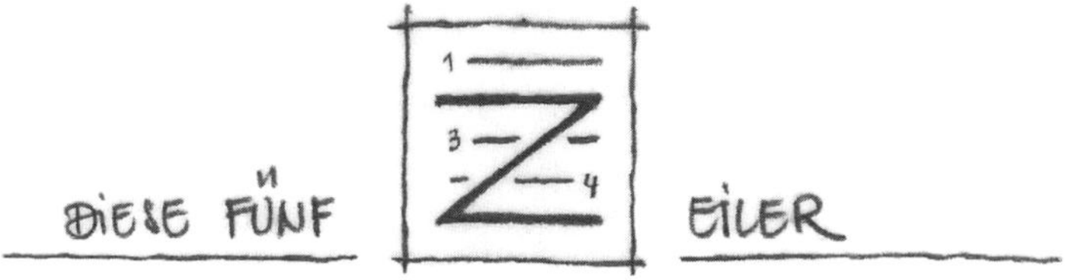

DIESE FÜNFZEILER

BAUMSCHULVERWEIGERER

Die Baumschüler in Holzminden
wollen sich schulisch nicht binden.
Verweigern das Wachsen.
In Westniedersachsen
lernen sie so zu verschwinden.

MOORKANZEL

Ne Ritze Mondlicht (zunehmender Mond)

Eine kleine Ritze Mondlicht
lädt mich still zu staunen fein.
Nachts im Moor, im Schilf, im Tau dicht,
bohrt durch Holz und Gras sie steil schlicht
sich in weiche Wiesen ein.

MULTIFUNKTIONSOLM

Der Grottenolm im Münsterland,
ne Ewigkeitslurchlarve,
durchzieht die Quabbe, die er fand,
en Nebenfluss im Lippersand,
und spielt ne scharfe Harfe.

ZAUNGEZWITSCHER

Zufriedenheit in jedem Ast
zieht Sonnenlicht durch Rinde.
Den Weidenbruch zum Staat erfasst
klein Königs Melodie. Die passt
leicht laut, fein und geschwinde.

DIESE FÜNF ZEILER

SATZBAU AM SOMMERHIMMEL

Warme, lose Wörter kreisen,
steigen hoch und höher hinauf,
lassen sich vom Wind auf Reisen
tragen, stürzen tief durch Schneisen,
schlagen als Satz unten auf.

DER WÖLFE WEST-ERWEITERUNG

Weiße Wölfe in Schafspelzen
heulen nachts das Mondlicht an,
und sie schleichen sanft auf Stelzen
westwärts, wo sich Schafe wälzen,
tags, bei Sonnenaufgang ran.

FLIEGENDER POSAUNIST

Im Sommer wird er nicht vermisst.
Im Sommer, nicht im Winter.
Weil er so musikalisch ist,
fliegt Nikolaus als Posaunist
mit Rhythmus durch den Wind her.

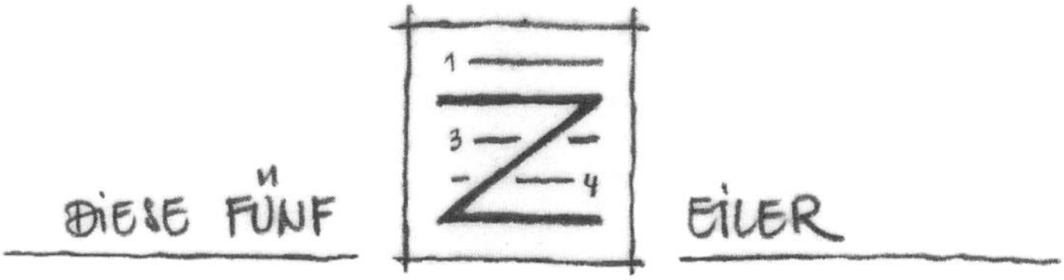

PRIMAT DER BRAUNKOHLE

Der Gorilla Garzweiler zwo
begrüßt Onkel Gibbon im Zoo.
Mit dem feinen Fünfzeiler
über Braunkohlenweiler
im Leipziger Zoo, einfach so.

2020 SCHOTTEN DICHT

Zwanzig alte Mottenkugeln
tummeln sich in der Kajüte,
wo sie vierzig Motten doubeln.
Schotten dichten, staubig jubeln,
grinsend aus der Mottentüte.

DIESE FÜNF ZEILER

BLASORCHESTER NORDHALBKUGEL

Der Schwedenelch hebt an als Chef.
Beim Rentierposaunistentreff
bläst er per Posaunenkelch,
stark wie ein Alaska-Elch,
die Rohrmusik aus dem Effeff.

Welches Haustier hätten Sie denn gerne?

Nun, Haustiere, also Tiere im Hause sozusagen, sind meine Leidenschaft nicht.

Warum nicht?

Es begab sich kurz vor meinem dreizehnten Geburtstag. Einige Freunde hielten Kleintiere zu Hause. Hamster, Meerschweinchen, Wellensittiche. Ich lud zum Kuchenessen ein und sagte jedem: Kommt bloß nicht auf die Idee, mir ein Tier zu schenken … Der Rest ist Geschichte, und der Wellensittich, den ich auf den Namen „Herr Schröder" taufte, wurde viel zu alt für einen seiner Art.

Warum dann Mauersegler, Esel, Angsthasen und andere Wesen unter der Kapitelüberschrift „Schönes"?

Weil das auf ihre Art natürliche Geschöpfe sind, die es verdient haben, in einem besonderen Gedicht auf besondere Weise verewigt zu werden; ich gebe zu, mit dem Angsthasen ist das so eine Sache. In diesem Fall jedoch, ist der Angsthase ein ganz bestimmter Kater mit seiner besonders seltsamen Geschichte.

SCHÖNES

NOCH NICHT GANZ DA!

Der Hauch von Kalt
umsäuselt Lockenköpfe.
Der Frühlingsduft
im Schrank kommod.

Schneeflocken halt.
Und drinnen heiße Töpfe.
Die Frühlingsluft
noch schwer von Tod.

Der Flieder schweigt.
Still liegend, kühl umwindet.
Doch
seine Knospe
zeigt,
wie sie den Frühling findet.

LIEGEN IM DUFTWARENLADEN

Liege unter dem Himmelblau.
Weich liege ich.
Auf der Erde.
Liege zwischen Flieder
und Zaunkönigs Gesang.
Liege unter der Sonne im Mai.
Alle Glieder ausgestreckt.

Liege zwischen Kastanienblüten
und des Buntspechts
Kopfweidengehämmer.
Warm liege ich.
Auf staubigem Boden.
Liege unter lauem Wind im Mai.
Sauge das satte Grün.

Liege im Duftwarenladen.
Auf trockenen alten Moosen.
Zwischen Kiefernharz
und des Kleibers
Baumrindengehüpfe.
Wach liege ich.
Auf Mutters Erde im Mai.

SCHÖNES

FEUILLETON
DAS MÄRCHENBUCH 1
DAS BUCH VOM LURCH
DAS MÄRCHENBUCH 2
HEIMATKRIMI

DES ESELS OHR

Der Esel ist ein Bücherwurm
und sitzt auf einem Bücherturm.

Er liest aus Büchern Kindern vor
und knickt dazu ein Eselsohr.

Damit er niemals je vergisst,
wo es im Buch am schönsten ist.

NICHT OHNE SIE

Ich bin ein Korn,
ein Fetzen pur.
Sprösschen und ihr
Verehrer nur.

Ich bin ein Halm,
ein Knick im Wind.
Und bin und bleib
in ihr das Kind.

Ich bin ein Hauch,
ein Atemzug.
Ein Reisender,
der sich durchschlug.

Liebste! Natur.
Ich fühl mich fest.
Wie Holz, wie Stein.
Weil du mich lässt.

DIE HARFENISTIN

Sie liegt in ihrem Instrument,
das Instrument, das sie so kennt.
Und spielt und liegt.
Und dreht und schmiegt
sich.
In die Saiten.
In die Musik, die sie so kennt.
Ein Leben, so als Instrument.

Und spielt mit ihrem Instrument
eine Musik, die niemand kennt.
Und wirft und schmiegt
sich.
In die Saiten.
Und spielt. Und biegt
sich.
Zu begleiten.

ANGSTHASE IM KATZENFELL

Oscar der Nichtjäger

Wiesenoscar, Tigerkater,
schleicht auch mal durch Feld und Wald.
Angst im Katzenfell, die hat er.
Fast schon zwanzig Jahre alt.

Edelkatze Mutter Trude,
einstmals Hochzeitstagsgeschenk,
sprang beizeiten aus der Bude,
traf dort Oscars Vater Henk.

Etwa zwölf Monate später,
Oscar maß noch nicht ein Jahr,
strafte ihn ein Übeltäter,
kloppte auf sein Ohr und Haar.

Seither im Erholungszustand,
meidet Oscar Jägerei.
Wühlmäuse in Beet und Grasland
gehen ihm am Fell vorbei.

CHARLOTTE IM SOMMER

für Charlotte

Oh, meine kleine
Sommermotte.
Du, Charlotte.

Ich bau uns eine
Meeresgrotte.
Oh, Charlotte.

Und fang dir eine
Edelsprotte
oder auch eine
Wildschweinrotte.
Ganz wie du willst.
Oh, Charlotte.

Und denk nicht mehr an
Lieselotte,
die kleine flotte
Exkarotte.
Oh, Charlotte.

Denn du bist meine
Sommermotte,
nur
du, Charlotte.

SCHÖNES

MURMELTIERMURMELN

Ich liege hier als Murmeltier
und murmel dir was vor.
Erblicke dich unweit von mir
und flüster in dein Ohr.

Als Murmeltier, da bleib ich hier,
hoch oben drin im Berg.
Und schau dir nach, wennst ziehst von hier,
und wirst beim Abstieg Zwerg.

Im Winter lieg ich Murmeltier
schön tief und warm und brav.
Und bin so ganz Erdhörnchen hier,
in weichem Winterschlaf.

Im Sommerlicht hocke ich hier
und murmel mir was vor.
Wenn du gestiegen bist zu mir,
Geflüster in dein Ohr.

FOXTROTT

für Schlingel

Es trottet der Fuchs, der flotte,
in einem gefoxten Trotte.

Der Wolf, der Wolfgang heißt, jedoch
schleicht wolfsgemäß (nachdem er kroch)
zum Tanzsaal in Wollpullover,
um mit dem Fuchs Bossa Nova
zu tanzen, als den ersten Tanz,
mit Wolfsrute an Fuchsens Schwanz.

So erwähnt der Fuchs nebenbei,
dass ihm Foxtrott doch lieber sei.

KLEINES LESETHEATER

Im Literarischen Feld-Wald-und-Wiesen-Salon

Klitzekleine alte Dame,
Hedwig ist ihr werter Name.
Feiert herzhafte Gedichte,
jede Koloniegeschichte.
Dem Theater sich hingebend,
lauscht sie heftig, weiter lebend.

Alt und klitzeklein: Okay!
Weg vorm Fenster: Nee, nee, nee!

HIMMELBLAU

Arbeitest du am Himmelblau?
Das fragte ihn die Sonne.
Ja, sagte er, und schaute schlau,
ich arbeite mit Wonne.

Ich arbeite an diesem Blau,
und wie gesagt, mit Wonne.
Da die vom Blau verzierte Frau
wahrhaftig scheint, die Sonne.

KUSS IN BLAU

Ihr Himmelblau liegt neben mir,
still, wartend auf den Kuss.
Blau ist der Kuss, der still zu ihr
will, lang kaum warten muss.

MAUERSEGLER

Wir schwirren als Truppen
und steigen und sinken
und tanzen wie Puppen
und kreischen wie Finken.

Und leben in Wärme
und alten Gemäuern
und ziehen von Ferne,
um uns zu erneuern.

Und schlafen im Fliegen
und suchen das Dunkel
und schweben im Liegen
in Dämmergefunkel.

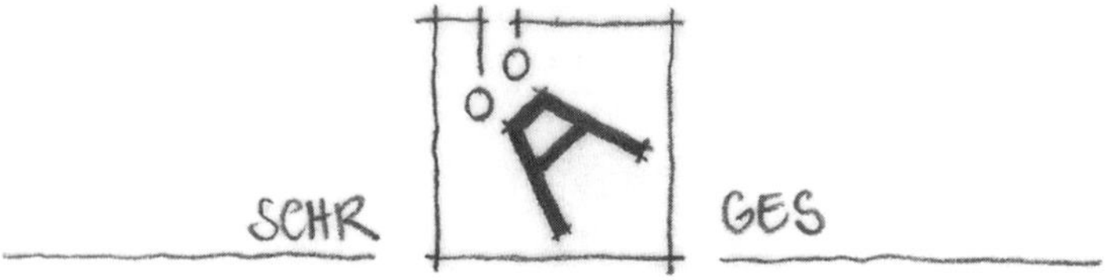

In welchem Umfeld haben Sie sich befunden, als Sie das Gedicht „Chaiselongue dong dong“ schrieben, in dem ja auch die liebe Kleopatra vorkommt?

Ich befand mich im PKW zwischen Datteln und Oer-Erkenschwick und telefonierte – natürlich mit Hilfe meiner Freisprechanlage. Wir sprachen über dieses altertümliche Möbelstück, und plötzlich sah ich auf dem Radweg diese Kleopatra per E-Bike Richtung Recklinghausen sausen. Allem Anschein nach hatte sie das alte Ägypten verlassen, um sich dem Ruhrgebiet zuzuwenden. Da war es um mich geschehen, und ich schrieb und schrieb.

Wann denn? Etwa noch im Auto?

Chaiselong dong dong sang ich im Auto. Den Text habe ich zu Hause am Schreibtisch komponiert.

Sah die E-Bike-Kleopatra denn der Geliebten des Gaius Julius Caesar irgendwie ähnlich?

Ja, sehr ähnlich. Und wie Obelix es immer wieder sagt: Sie hatte diese schöne Nase.

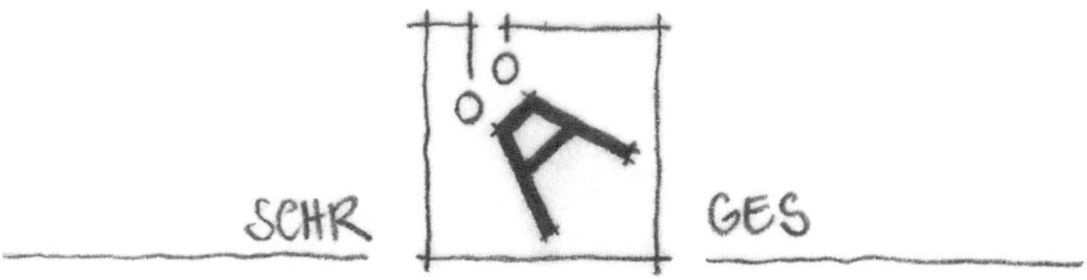

SCHRÄGES

CHAISELONGUE DONG DONG

Liege auf der Chaiselongue.
Denke an Kleopatra.
Klopfe Herzchen dong dong dong.
Liege plötzlich sitzend da.

Feuer, Flamme, bloße Lust.
Denke an Kleopatra.
Klopfe dong dong dong die Brust.
Sitze plötzlich liegend da.

Sitze auf der Chaiselongue.
Denke, ach wie wunderbar.
Klopft auf Herz und Brust dong dong
liegend mir Kleopatra.

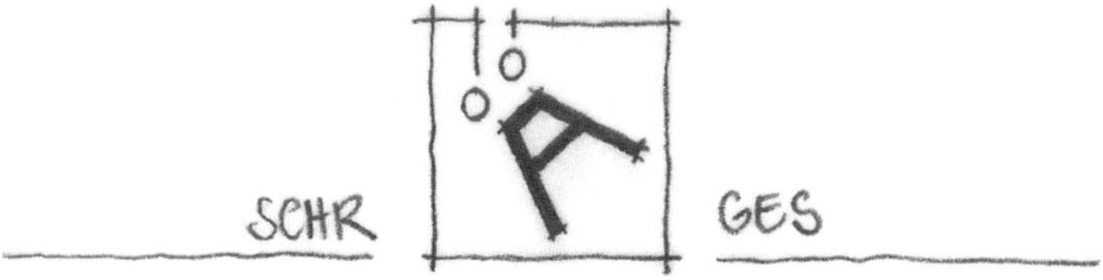

LADENSCHLUSS

Bin Geschäft. Nein.
Bin im Geschäft. Ja.
Mit dem Tod.
Bin im Laden. Nein.
Bin Laden. Ja.

Bin mal kurz weg.
Bin nicht im Laden.
Bin tot.
Bin im Laden
oder tot.

Im Laden.
Bin mal kurz tot
oder weg.
Bin Laden tot.
Toter Laden.
Ladenschluss.
Aus.

SCHRÄGES

MONDENSCHEINRITT

Einst ritt ich still ein weißes Pferd
im Mondenschein, ganz unbeschwert.
Das Pferd hieß Gerd.

Ich ritt und ritt recht unbeschwert,
sah hoch zum Mond und sprach zum Pferd:
Du Pferd heißt Gerd!

Und sah den Mond und nahm das Pferd
und ritt im Schein, sehr unbeschwert.
Und sagte: Gerd!

Hell schien der Mond, still lief das Pferd
und plötzlich sprach es unbeschwert:
Du guter Gerd!

Im Mondenschein ein Ritt zu Pferd.
Hochauf und still, ganz unbeschwert
ritt Gerd auf Gerd.

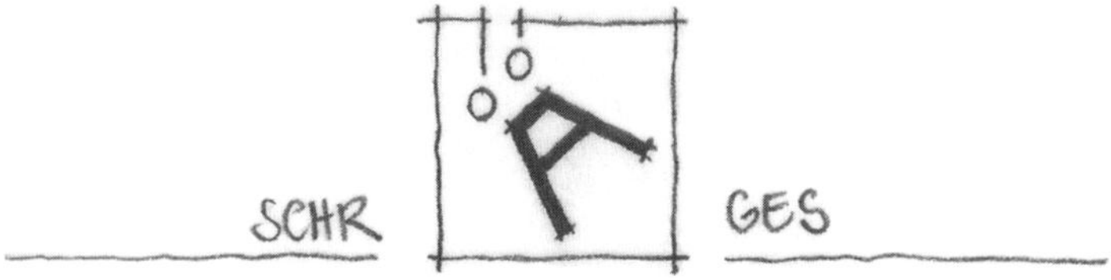

ALPTRAUM EINER WINTERNACHT

Sagt der Winter zur Schneeflocke:
„Ist das Fallen nicht ein Traum!“
„Immer“, spricht die weiße Locke,
sinkend in den Kofferraum.

TOD AUF RÄDERN

Es rollt und rollt frappant ein Tod,
er radelt, radelt, rollt, rasant.
Dann radelt er, noch sehr kommod,
und radelt weiter, unerkannt.

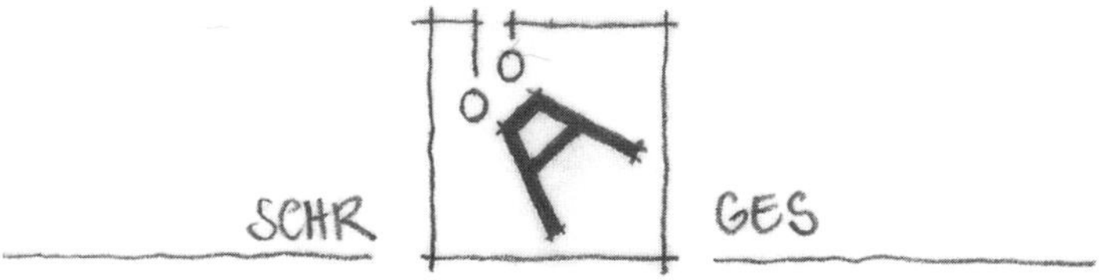

STANDORTTREUER KRANICH

Neulich traf ich diesen Kranich,
einen Kranich, der im Fluge,
genuin zum Winterzuge,
ja hauptberuflich ziehen muss.
Dieser Kranich reiste zu Fuß.

Und so sprach ich forsch zum Kranich:
Sag mal Kranich, weißt du gar nicht,
dass alljährlich du, der Kluge,
die halbe Welt schier überflögest,
wenn du nur auf Winters Zuge
am Firmament die Bahnen zögest.

„Och", kreischte der Kranich,
„Dit wusste ick janich."

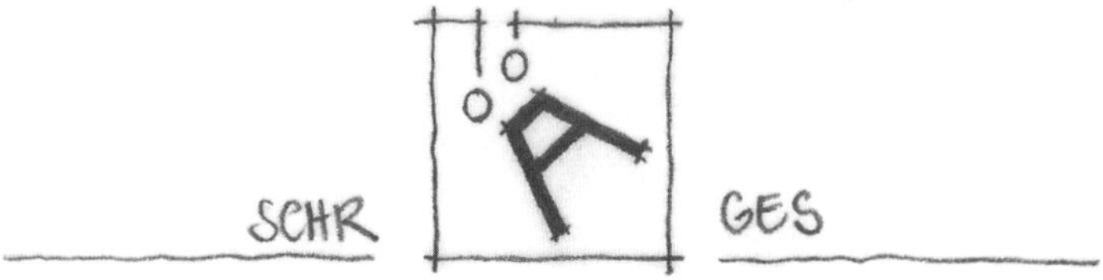

ÜBERVOLLBESCHÄFTIGTER LOCKVOGEL

Alter Hüttenuhu Ferdi
rezitiert im Hohen Venn
rege auf Geheiß von ver.di
kräftig krächzend Gottfried Benn.

Ganz im Gegensatz zu ver.di
täglich dreizehn Stunden Benn
rattert Hüttenuhu Ferdi
hier im Hohen feuchten Venn.

Voll beschäftigt, klappert Ferdi
seine Stunden Gottfried Benn!
Dann frohlockt er Richtung ver.di:
Nichts geht über Benn im Venn!

KOIKARPFEN-KAFKAESKEN IM GARTENTEICH

Lurche digital. Niemals.
Hechte leuchten.
Gröl gröl.
Null Suizid.
Unter Wasserbrüdern.
Koikarpfen im Teich.
Hobby.
Hechte verkosten. Niemals
Leuchten. Statt Lurchen.
Gröl gröl.
Suizid. Niemals.
Lurche blicken durch.
Leuchten.
Gröl.

KUNST FÜR MICH

Neulich
sprach ich
wirr
zur Idiotie.
Und plötzlich
sagte sie:
Die Genialität
der Idiotie
ist eine Kunst
für dich!
Da
staunte ich.

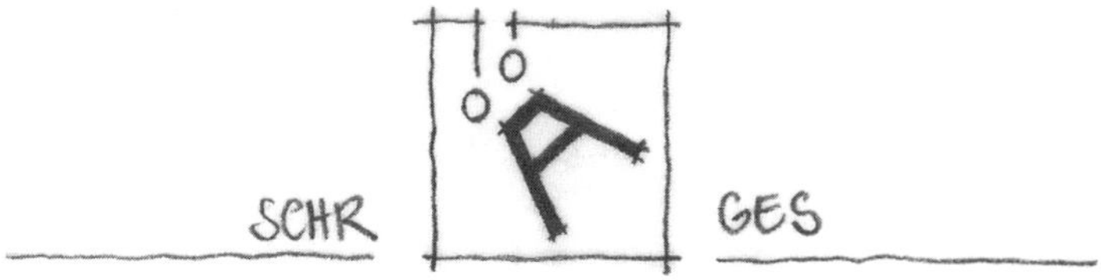

QUEDLINBURCH ZIEHT

In Quedlinburch
da klebt der Lurch
als Postkarte
am Küchenschrank.

Der zieht das durch.
Innenstadtlurch!

Am Küchenschrank
als Postkarte
geklebter Lurch
in Quedlinburch.

Der zieht das durch.
Der Altstadtlurch.

HEIMATKRIMI

für Ulrich

Der Lennep
aus Honnef.
Der lebte
in Remscheid.
Mit viel Schneid.
Im Rennkleid.
Im
Bergischen
Land.

In Honnef
war Lennep
der Hennef.
Bevor er,
mit viel Schneid,
im Rennkleid,
aus Remscheid,
im Bergischen
Land
einfach
verschwand …

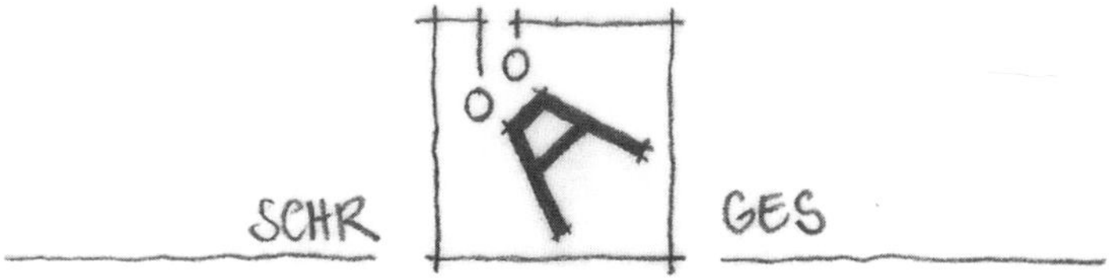

ENTSPANNT WESTFÄLISCH

Der Ostwestfale im
Stresstest
durchquert Westfalen-Süd
wildwest.
Zieht seitlich nördlich
ungestresst
und hängt folglich im
Schützenfest.

SCHRÄGES

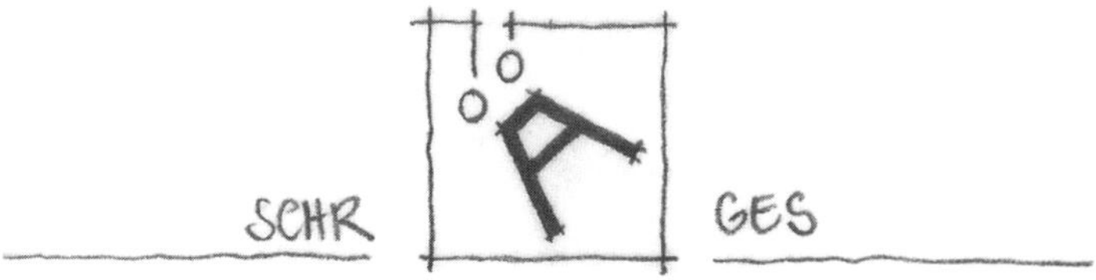

DER LABRADOR IM SPRACHLABOR

für Dorothea

Igor fährt im Wagen vor,
hält an vorm Sprachlabor.

Im Sprachlabor trägt Igor
in fremden Sprachen vor.

Und Igor spricht von Hektor,
dem alten Labrador.

Den traf ich, so sagt Igor,
vormals in Osttimor.

Da tönte dieser Hektor
mir von Neufundland vor.

Ich bin, sagte ich, Igor
vom Fremdsprachenlabor.

Und stelle dich, den Hektor,
dort sehr gerne mal vor.

Und kurz darauf hockt Hektor
in Igors Sprachlabor.

Und trägt in fremden Sprachen
als Labrador dort vor.

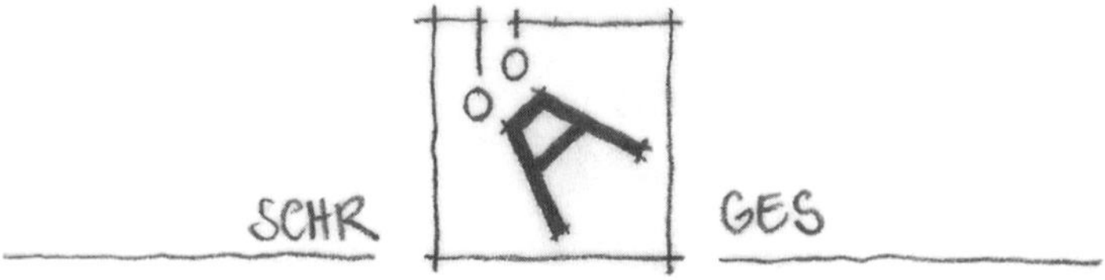

RITZKANTENSCHUBERSCHACHTEL

Immerfort sagte die Großmutter
zum Rothaarsteig-Ranger, der eigentlich
als Liebesjäger unterwegs war,
täglich Eintagsfliegen zu fangen und
diese zur Eintagsehe zu bewegen.

Also immerfort sagte diese Großmutter:
Resolviere dich flink, mein Enkelsohn!
Diese Ritzkantenschuberschachtel, besorge sie dir!
Und sie sprach ausdrücklich eindrücklich,
und ihre Stimme war voll, geprägt von einer
überirdischen Durchschnittlichkeit.
Ritzkantenschuberschachtel! Wiederholte
sie es noch zweimal, bevor sie rasch verschied.

Ja! Antwortete der Rothaarsteig-Ranger.
Und. Alle sagen: Pandemie! Murmelte er.
Und dann schlurfte er zurück zum Rothaarsteig
und resolvierte sich flink in Anwesenheit
einer nagelneuen Ritzkantenschuberschachtel.

ABSTAND 2020!

Hamburg hält Abstand zu Hannover,
Bochum hält Abstand zu Berlin.
München hockt nur noch auf dem Sofa,
Köln Nippes will schon wieder ziehn.

Leipzig hält Abstand zu Stadtroda,
Potsdam hält Abstand zu Schwerin.
Dresden im Abstand und auch Pirna,
öffnet Baumärkte, immerhin.

Bremen hält Abstand zu Saarbrücken,
und Mainz hält Abstand zu Heilbronn.
Bamberg im Abstand kann entzücken,
und Bonn läuft Beethoven davon.

Essen hält jetzt Abstand zu Siegen,
in Ulm mit Abstand, auch zu viert.
Mit Abstand Bielefeld umfliegen,
selbst wenn es mal nicht existiert!

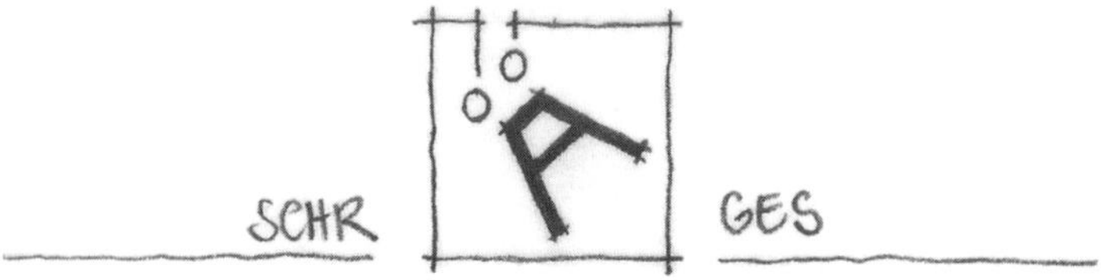

EIN SATZ ZUR PANDEMIE

Zwei hübsche Hüften
schlendern so durch die Pandemie;
soeben haben sie ihre
Präsenzveranstaltung (PCR-Testung)
im Rahmen der Ausgangssperre
verlassen
und pflegen die alltägliche
Maskenpflicht, den Quasi-
Mund-Nasen-Schutz, nahezu
übereifrig,
trotz oder wegen der derzeitigen
Schnelltestmöglichkeiten,
um in der Handhabung
der stündlich sich ändernden
Reisebeschränkungen,
mit großem Abstand
– das versteht sich von selbst –
jenes Impfzentrum in der
Mitte des allgemein
praktizierten, sogenannten
gesellschaftlichen Lockdowns,
noch vor Einsetzen

der nachmittäglichen
Zoomkonferenz,
beziehungsweise der Dunkelheit,
dem neuen, regelmäßigen
Angebot des Staates,
geprüft genderkonform
und ganz und gar
antirassistisch,
die allen Online-
Veranstaltungen vorgezogen
werden sollte,
in Zeiten des inflationären
Gebrauchens dieses
Wörtchens „Corona“,
lediglich pünktlich
in der Warteschlange
endlich zu betreten;
schließlich so, wie sie das
lange schon gewohnt sind,
diese beiden
hübschen Hüften.

Kennen Sie Bissingheim?
Meine Tante Hildegard lebt dort.

Bissingheim, das kenne ich nicht,
grüße aber Ihre Tante!

Bissingheim ist ein schöner Stadtteil im Duisburger Süden. Mein verstorbener Onkel Rudi hat dort gelebt. Er war Eisenbahner. Ich habe Tante Hildegard Ihr Gedicht „Mit Schnecken davon“ vorgelesen, und sie war begeistert, dass Bissingheim darin vorkommt. Haben Ortsnamen des Ruhrgebiets eigentlich alle etwas Lyrisches?

Auf jeden Fall! Man denke nur: Mülheim an der Ruhr oder Bottrop an der Emscher.

Mir sind allerdings in Lünen weder Dünen noch Beduinen begegnet. Ist das die Freiheit des Lyrikers?

Ja, das ist eine sehr überirdisch
lyrisch freie Freiheit.

AM ANFANG WAR DER LIMERICK

AM ANFANG WAR DER LIMERICK

AABBA

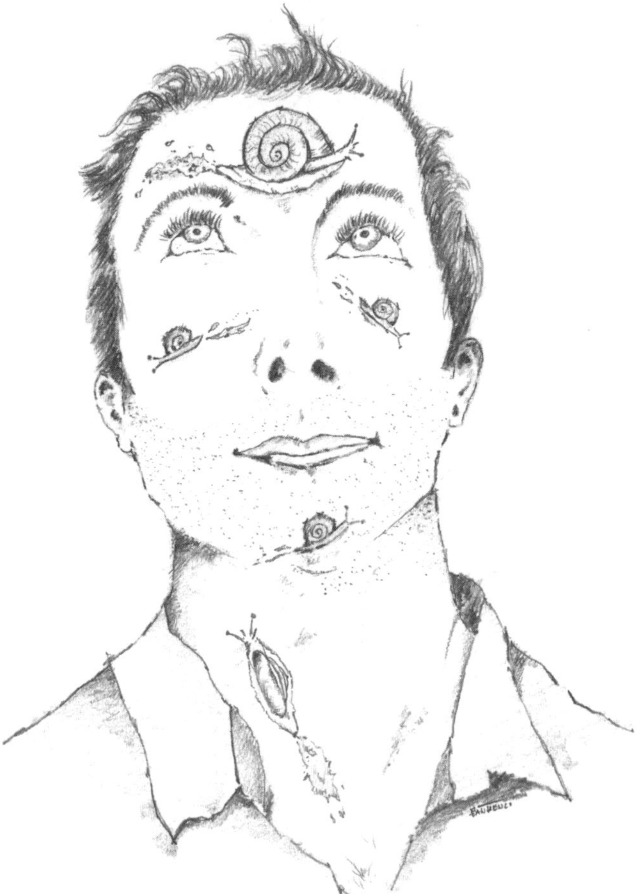

MIT SCHNECKEN DAVON

Jungbrunnenabsurditäten

Der Beauty-Bernd in Bissingheim
schwört Stein und Bein auf Schneckenschleim,
um sich in Schuss zu halten.
Im Kampf gegen die Falten
lädt er zur Schleim-Abreibung ein.

BADEN IN BADEN-BADEN

Der Lurch in Berchtesgaden
meldet Kaltwasserschaden,
hüpft in die Wärme
der Fürstentherme
fortan nach Baden-Baden.

PADERBORN 2019

Ein Fußball fliegt durch Paderborn
per Fußballerfüßchen mit Sporn.
Fegt durch die Tabelle
in Zweitligaschnelle
und bläst jetzt das Erstligahorn!

WESTFALEN-SHUTTLE MIT EXOT

Der Wiedehopf nach Bielefeld
mit Flatterkopf von Münster schnellt.
Als Hüter des Normalen,
im Fernbus „Ostwestfalen"
scheint er nicht ganz von dieser Welt.

ZUG VERPEILT

Der Kranerich aus Münster
fand's sommerlich dort finster.
Zog über Borken-Süd.
Nordwestlich und verfrüht,
friert er jetzt in Westminster.

AM ANFANG WAR DER LIMERICK

AABBA

WÜSTE DÜNEN LÜNEN

Fragt der Fuchs im heißen Lünen
einen alten Beduinen,
ob der weise Wüstenmann,
ihm das Lünen zeigen kann
in den weißen, wüsten Dünen.

DAUEREINSATZ IM DEZEMBER

Der Nikolaus aus Breckerfeld,
fliegt Dortmund Richtung Ruhr.
Und weil ihm Bochum so gefällt,
schlägt er in Essen auf sein Zelt
für seine Duisburg-Tour.

KAPITÄN NIKOLAUS

Der Nikolaus aus Breckerfeld
fliegt heuer durch die Ruhr.
Wo er das Flussbett überschnellt,
adventlich jauchzend drüber hält
mit seinem Schlitten pur.

HIMMLISCH HYGIENISCH

Auch Nikolaus aus Breckerfeld
prallt ab vom Aerosol der Welt.
Zeigt sich nur noch mit Maske,
trägt Plaste und Elaste,
wenn er präzis vom Himmel fällt.

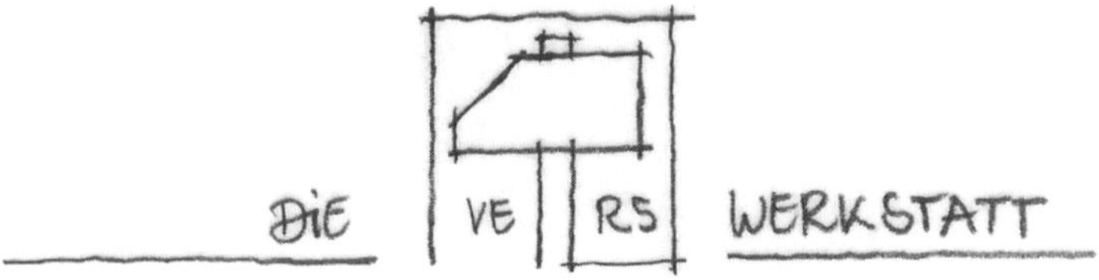

Bei Dichtern fragt man das immer:
Wie sieht denn Ihre Schreibsituation aus?
Aufgeräumt oder chaotisch?

Ich behaupte mal, in meinem Schädel bin ich recht gut sortiert und aufgeräumt; meine Schreibstube hingegen mag für Nichtkenner einen Hauch von romantischer Chaotik bieten.

Das dachte ich mir. Papier oder Computer?

Ich arbeite mit beiden. Konzepte, erste Ideen oft auf Papier, besonders nachts mal eben. Müssen schnell notiert werden, sonst verschwinden die Ideen. Gefeilt wird hernach am Computer.

Wodurch wissen Sie, dass ein Gedicht „fertig" ist?

Ein Gedicht ist vollendet, wenn das Schöne wirklich schön, das Schräge wirklich schräg ist und die Komposition mich tief herzhaft erfüllt. Wenn beim Lautlesen oder Vortragen die Textmelodie erklingt, die ich beim Schreiben erwartet habe, zuvor nicht kannte und schließlich genau so will.

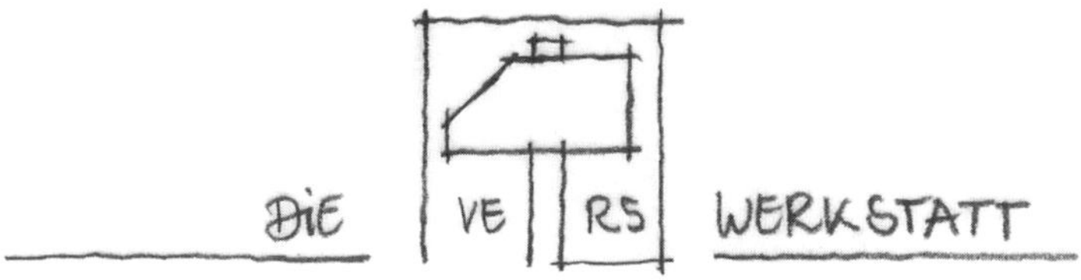

VERSWERKSTATT

DIE VERS WERKSTATT

DER VOGEL STAR

Es kommt das Jahr,
in dem der Star
so ganz und gar

Vogel und zwar
zwanzigachtzehn
dann einmal war.

MEISEN

Meisen sausen,
queren Schneisen.
Weise Meisen
müssen reisen.

Und sie kreisen,
diese Meisen,
wenn sie
durch die
Schneisen reisen.

Und sie speisen,
diese Meisen,
wenn sie
in den
Schneisen kreisen.

Meisen sausen,
queren Schneisen.
Meisen kreisen,
müssen reisen.

LESEKRÄNZCHEN

Zum Lesekränzchen fliegt der Storch.
Das Lesen mag er, horch horch horch.
Das Kränzchen mag er eher nicht,
und er hebt ab wie ein Gedicht.

PFUHLSCHNEPFE 4BBRW

12 000 Kilometer nonstop

Hoch die Flüglein, federgespannt,
flog die Schnepfe, flog und flog
von Alaska bis Neuseeland.
Hin zum Firth of Thames Bay, Südstrand,
zog der Schnabel, zog und zog …

DIE VERS WERKSTATT

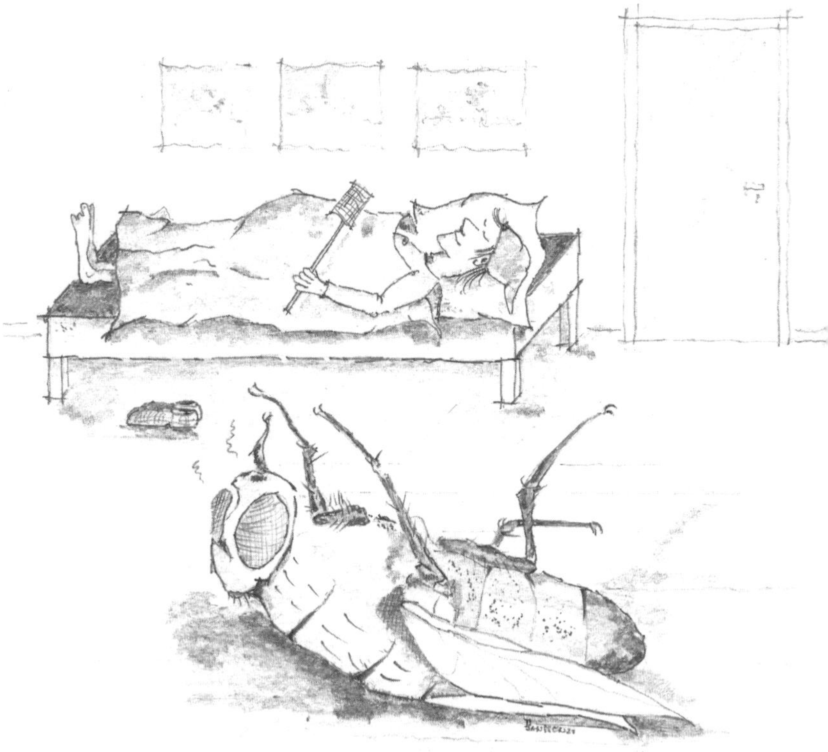

SCHLAF

Eine Fliege brummt.
Der Schläfer erwacht, verstummt.
Er hört genau, wie die Fliege brummt.
Und nicht verstummt.

Der Schläfer erwartungsvoll verstummt.
Die Fliege immerzu brummt.
Der Schläfer verstummt.
Sich im Dunkel vermummt.

Die Fliege brummt.
Der Schläfer, im Dunkel vermummt.
Überlegt – und verstummt.
Die Fliege fliegt, unvermummt. Und brummt.

Der Schläfer, bei Licht (jetzt) vermummt,
nicht mehr verstummt, summt.
Die Fliege fliegt, unvermummt. Und brummt.

Der Schläfer, vermummt, summt.
Und brummt, schlägt zu!
Die Fliege, unvermummt, stürzt.
Ihr Brummen verstummt.

Der Schläfer, (jetzt) unvermummt, summt.
Sein Brummen verstummt.
Der Schläfer schläft.

TANZ IN DEN HERBST

Das Ahornblatt
schwebt
matt herab.
Tänzelt leise
seine Reise
Richtung Erde.
Dass
es werde
Staub
im Herbstlaub.

EISENKRAUT

verbena bonariensis

Neulich traf ich
die Verbenen,
die sich eisern
größer dehnen.

Jede Knospe
trotzt dem Froste.
Jede Dolde
schaukelt holde
ihre Würze
durch die Lüfte.
Sehr markante
lila Düfte.

Nur:
Das Eisen fehlt
all jenen,
die sich dehnen
als Verbenen.

SCHOTTER VOM HOCKER

Und ich schlotter …
übern Schotter.
Lotter lotter …
Wie ein Otter.
Schwarzer Schotter
oder ocker.
Dieser Schotter,
locker locker,
ragt hoch über
jeden Hocker.
Und ich schlotter …
übern Schotter.
Schwarz, weiß, gräulich,
grünlich, ocker.
Lotter lotter …
Ohne Dotter.
Harten Schotter.
Schotter. Schotter.

DIE STUNDE

Haben diese eine,
manchmal, selten, oft und immer.
Diese kurz und kleine.
Nirgendwo. Im Traum. Im Zimmer.

Haben diese eine,
mittags, abends, weit ab von Nacht.
Diese klein und feine.
Im Traum. So. Irgendwann verbracht.

Ganz viele Gedichte in diesem Kapitel haben etwas mit Regen zu tun. Mögen Sie schlechtes Wetter?

Der Regen in diesen Gedichten ist meine nasse Antwort auf die vorher nicht gekannte anhaltende Trockenperiode seit 2018. Den Naturburschen in mir lässt das nicht kalt. Mir sind in zwei Jahren allein an die hundert gesetzte Buchen vertrocknet. Regen an sich betrachte ich daher seit drei Jahren eher als Segen. Wenn mit schlechtem Wetter aber zum Beispiel ein nicht endender Starkregen gemeint ist, dann mag ich so ein Unwetter ganz und gar nicht.

Sie sind in Warendorf aufgewachsen. Deshalb Naturbursche? Dort die hundert vertrockneten Buchen?

Ich bin dort an der Ems aufgewachsen und hatte eine unbeschwerte Kindheit in Wäldern, auf Wiesen und in Auen. Unser Förstervater und unsere Blumen liebende Mutter haben uns Kindern über die Jahre beigebracht, was Naturverbundenheit bedeutet. Und ja, dort sind auf einem Stück Land, das ich mit meinem anderen Bruder hege, diese hundert Buchen vertrocknet. Sie sollten zur Hecke auswachsen; die ist nun recht kurz.

WORTWETTERLEUCHTEN

LANDREGEN, ALTER FREUND, TAUCHT AUF

Regen schraubt sich
säulengleich
in den Boden,
durch den Staub.
Prasselt, plätschert,
steil ins Laub,
wässert alles
wasserweich.

Halme baden
im Gewässer.
Zweige wippen
schräg und runter.
Vollgesogen,
müde, munter.
Matte Erde säuft
sich besser.

FAHRPLANÄNDERUNG WINTERHALBJAHR

Der Vogelflug wird sonderbar,
die Welt scheint aus den Fugen,
wenn Kraniche im Januar,
dem Monat, der stets Winter war,
vom Zug herunterlugen.

WINTERDICHTUNG

Ich schreibe ein kaltes Gedicht
und reibe mein kaltes Gesicht
und trage das kalte Gedicht
gewärmt vor mit kaltem Gesicht.

ZUG UNTER HIMMELBLAU

Hundertfünfzig Kraniche
ziehen Zug um Zug.
Hunderfünfzig Kraniche
fliegen Heck an Bug.

Hundertfünfzig Kraniche
rasten kaum mitunter.
Hundertfünfzig Kraniche
trompeten hinunter.

Hundertfünfzig Kraniche
reisen niemals ungenau.
Hunderfünfzig Kraniche
im Herbst unter Himmelblau.

STARKREGEN

Der Starkregen ballert.
Stürzt vom Himmel.
Bremst uns alle aus.
Durchnässt in Sekundenschnelle.
Fast alles.
Wie ein
Waschanlagengewitter.
Blitze zucken durch Wasserwände.
Manchmal schlagen sie zu.
Unten. Oben.

Der Starkregen ballert stark.
Lässt uns schrumpfen.
Trifft ins Mark.
Legt Ängste offen.
Bäche werden reißende Flüsse.
Flüsse versinken zu Seen.
Hänge stürzen. Wege zerrinnen.
Häuser zerbrechen.
Straßen zerbröseln.

Und wir.

WETTERLEUCHTEN

Wir Zwerge.
Hocken mittendrin.
In diesem Schaupiel.
Spektakel der Natur.
Dieser Ungeheuerlichkeit.
Von Minutendauer.

Der Starkregen ballert zurück.
Und nicht nur der.
Auf uns.
Uns Zwerge.
Dann zieht er weiter.
Ballert anderswo.

Und wir.
Stehen gelassen.
Nach dem Schauer.
Einfach so.

Aufgerissen Mund.
Und Augen.
Und wir.
Haben eindeutig
nasse Füße.
Und sicher
das Nachsehen.

WAS WOLKEN WOLLEN

für Pia

Die Wolken grau
sie wiegen sich und liegen
auf kalter Luft,
so angenehm.

Die Wolken blau
sie biegen sich und fliegen
im Frühlingsduft,
sanft und bequem.

Die Wolken weiß
sie tragen sich und schweben
im Sommer leicht,
einfach, kommod.

Die Wolken rot
sie jagen sich und heben
herbstlich gebleicht,
so unbedroht.

STANDFESTER TURM

Theo Turm & Heini Sturm

Heini, der Sturm,
Feger, Windwurm.
Braust um den Turm.

Heini Windwurm,
Hauptberuf Sturm.
Will in den Turm.

Heini, der Sturm,
pfeifender Wurm.
Fegt durch den Turm.

Theo, der Turm,
denkt so im Sturm:
Heini, du Wurm!

Theo, der Turm,
standfest im Sturm.
Steht seinen Turm.

Heini Windwurm,
bläst ab den Sturm.
Saust weg vom Turm.

WETTERLEUCHTEN

WENN REGEN REGNET

Es ist so wunderschön,
dem Regen zuzusehn.

Es ist so wunderschön,
durch Regen durchzugehn.

Es ist so wunderschön,
im Regen so zu stehn.

Es ist so wunderschön,
Regen regnen zu sehn.

41 GRAD

Mücken schreien Sommer.
Meisen strampeln auf und ab.
Mauersegler stürzen steil.

Zweige schnappen nach Luft,
taumeln, torkeln.
Trocken.

Hitze kocht den Sumpf.
Hebt Fische aus
den Angeln.
Böse Bienen brummen
die schweigenden Eichen.

Wölfe fressen Libellen.
Verstaubte Kröten
tanzen Tango.
Und
sterbende Buchen
flehen rote Rosen um
das letzte Gebet.

HOCHSOMMER RELOADED

In Mittags Hitze lagern die Geschöpfe,
die Sonne heizt mit hellster Energie.
Und Korkenzieherweiden hüten Köpfe,
die Erde ist so trocken wie noch nie.

Der Wind ist offensichtlich abgezogen,
die Hitze steht wie eine Bank aus Staub.
Die Korkenzieherweiden, fein gebogen,
beschatten rote Köpfe grün im Laub.

Nur selten bricht ein Wasser aus der Ferne
wie ein Fanal mit Blitz des Himmels Ruh.
Die Korkenzieherweiden sehen Sterne
und decken biegend alle Köpfe zu.

Der Abend legt kurz sanfte Kühle nieder,
zündet am Horizont die Sonne an.
Und Mittagshitze zieht allmählich wieder
die Korkenzieherweiden in den Bann.

VERWIRRUNG

Verwirrung I
Fragt der Januar den Winter:
„Ist der Frost mein Bruder Schnee?"
Sagt der Winter: „Nee nee nee,
steckt der Kilmawandel hinter!"

Verwirrung II
Fragt der Februar den Winter:
„Bin ich ein Frühling, wie der März?"
Sagt der Winter: „Nein, kein Scherz.
Steckt die Erderwärmung hinter!"

Verwirrung III
Fragt laut der Frühling Anfang März:
„Bin ich im April vorbei?"
Spricht der März: „Nee nee, im Mai!"
Nur der April versteht den Scherz.

Verwirrung IV
Fragt sich im April der Winter:
„Bin ich endlich jetzt vorbei?“
Spricht der März: „Nee, Ende Mai.
Steckt die Zeitumstellung hinter!“

Verwirrung V
Neulich fragt den Mai der Sommer:
„Regen oder Trockenzeit?“
„Egal, Hauptsache es schneit!“,
antwortet er Punkt mit Komma.

Verwirrung VI
Im Juni, als der Sommer tagt,
der August schon schlecht gelaunt.
Denn sein mega Hitzesound
ist seit April nicht mehr gefragt.

Verwirrung VII
Fragt im Hochsommer der Juli:
„Hey, August, bist du ein Herbst,
der du dich da doll entfärbst?“
„Nee“, sagt August, „bin der Uli.“

Verwirrung VIII
Fragt der August den November:
„Hey, Nachbar, heizen wir mal?“
Antwortet der kühl und schal:
„Alter, ich bin kein September!“

Verwirrung IX
Der April fragt den September:
„Hast du dich schon mal verschneit?“
„Immer wieder mit der Zeit,
Zwanzigachtzehn, im November!“

Verwirrung X
Sagt dem Mai streng der Oktober:
„Jetzt zieh ich den Lenz mal durch.
Nicht nur für den Gelbbauchlurch
mach ich Großwetterzinnober!

Verwirrung XI
Den November fragt der Kranich:
„Muss ich jetzt nach Norden ziehn?
Bin ein Storch ich in Berlin?“
Sagt der: „Icke weß det janich!“

Verwirrung XII
Der Dezember fragt den Winter:
„Ist ein Frost Sonne aus Schnee?“
Schreit der Sommer: „Nee nee nee,
steckt nur Tiefkühltechnik hinter!“

Wir reagiert das Publikum bei Lesungen auf Ihre Gedichte?

Schmunzeln und lachen müssen und wollen und können die allermeisten. Die vielen Lesungen in den letzten Jahren haben das eindeutig belegt. Im Münsterland und im Ruhrgebiet, vom Bonner Rheinland bis in die Gegend von Zürich.

Viele Ihrer Gedichte erscheinen auch auf der Kulturseite der Westdeutschen Allgemeinen Zeitung. Wie reagieren WAZ-Leser denn auf Ihre Gedichte?

Die Leserinnen und Leser reagieren meist erfreut und erheitert. Es gibt allerdings ab und an auch ungezielt boshafte Reaktionen auf einzelne Gedichte. Ich habe das Glück, dass ein emsiger WAZ-Leser aus Herne mich seit Jahr und Tag früh morgens überrascht, indem er jedes abgedruckte Gedicht von mir abtippt, es mir und einem Freund meiner Lyrik in der Schweiz zusendet.

Und was hat es mit den letzten beiden Gedichten unter der Überschrift „Anfang mit Folgen“ auf sich?

Das genau sind die beiden ersten Gedichte, die im Jahre 2010 in der WAZ abgedruckt wurden.

MEIN RUHRGEBIET

MÜLHEIM/RUHR – VENEDIG

Ganz Venedig ist verschlossen,
lächelnd lockt das Ruhrgebiet
jetzt nach Mülheim unverdrossen,
wo die Gondel an Stahltrossen
ganz präzis die Ruhr durchzieht.

ROTTERDAM – DUISBURG

Der Kormoran fährt Wasserbus.
Dahin treibt sie, die Kohle.
Das Urgestein, das weichen muss.
Einst im Kanal, jetzt schlicht im Fluss.
Am Hafen krächzt ne Dohle.

ALTER HASE

Gewieft ist der Hase in Essen
und hält sich ein Schaf unvermessen.
Weil aus Borbeck der Wolf
ab und zu kommt vom Golf,
um nachts mal ein Häppchen zu fressen.

POSTINDUSTRIELLE STURMFRISUR

Bunte Flächen zieren Zechen,
kreuzen quer das Ruhrgebiet.
Und so sprießen auf den Flächen,
Bart und Haarschopf dieser Zechen,
fesch im Haldenwind, der zieht.

RUHRGEBIETSKULTURSTRUKTURBALLADE

Ein Lautlesestück aus dem Blickwinkel
des Schmalfilmers Karl

Prolog:
In Duisburg, in Essen, in Oberhausen,
da brachen alle Zechen zack zack weg,
was blieb war Kohlenstaub und alter Dreck,
strukturverwandelt von Revierbanausen.

MEIN  UHRGEBIET

In Castrop-Rauxel, Bochum, Recklinghausen,
da hockt im Publikum jetzt Dennis Scheck,
mit Block und Stift und Hut und Ed von Schleck,
und sieht und hört und schreibt von Kultursausen.

Durch Datteln und Dorsten und Wanne und Marl
fließt fleißig Wasser in Fluss und Kanal
und schlängelt sich schnappschießend Schmalfilmer Karl,
filmt schnappend und schießend jetzt ruhrtriennal.

Filmte früher in Witten und Bottrop-Boy,
noch Pferdewagen mit Kohle und Heu
und in Mülheim und Wattenscheid jetzt brandneu
frisch aufpoliert transkaukasischen Koi.

Filmt Dortmund, auf Schalke filmt gerne Herne,
das Rundlederglück nah und von Ferne,
filmt Hallen und Kioske und Fernwärme
und filmt nicht nur nachts Ruhrgebietssterne.

Filmt in Oer und in Eickel und Erkenschwick,
jungen Wald, alte Kumpel, Autos und Schlick,
filmt Wohnblocks und Straßen voll Sehnsucht und Glück
und spult seine Filme niemals zurück.

KULTUR

KULTURKNIFTE

Von Nil bis Rhein.
Von Don bis Ruhr.
Die Knifte steht
für Hochkultur!

Übersetzung:
Vom Nil zum Rhein.
Vom Don zur Ruhr.
Die Knifte steht
für Hochkultur!

HALDE HILDE

Halde war ich, Halde bin ich,
Tafel- oder Kegelschütt.
Künstlich aufgeschippter Hügel,
Halde Hilde ist kein Pütt.

Halde war ich, Hilde bin ich,
Kippe auch auf Bergmanns Land.
Haldenkörper aufgehildet,
halte ich als Hilde stand.

Halde war ich, Halde bin ich,
Berge, Abraum, Taubgestein.
Halde Hilde, ohne Kohle,
will nur immer Halde sein.

BOTTROPS HAUCH VON KURDISTAN

Gestern:
Kohlekumpel aus Kurdistan
schaffte schwer unter Tage ran.
Mit Bohrer und Hammer
aus Stahlwerkzeugkammer
schlug er kräftig für Bottrop an.

Heute:
Feinkostkumpel aus Kurdistan
bietet immer vom Feinsten an.
Obst frisch und Gemüse
mit Mittelmeerbrise
schafft er täglich für Bottrop an.

RUHRSTADTKROKODIL HEISSEN

Das Nilkroko in Mülheim
will immer schon ein Dil sein.
Als Ruhrstadtkrokodil
taucht Kroko, taucht mit Stil
die Ruhr und nicht den Nil ein.

DER WELTRAUMSOZIOLOGE RÄT

An Emscher
Don und Ruhr:
Welt- anstatt
Plastikliteratur.

RUHRPOTTHELDEN

Schwer hebt Herbert ab vom Sofa,
irgendwo im Ruhrgebiet.
Wirft sich auf sein Zündapp-Mofa,
das ihn in die Ferne zieht.

Braust in seinen Schrebergarten,
irgendwo im Ruhrgebiet.
Sein Gemüse muss nicht warten,
Fachmann Herbert gießt und zieht.

Mit dem Hängerchen nach Hause,
irgendwo im Ruhrgebiet.
Budenstopp für Tütenbrause,
hört es gern, wenn Brause zieht.

Leicht liegt Herbert auf dem Sofa,
irgendwo im Ruhrgebiet.
Und es schweigt sein altes Mofa,
das er stolz im Hofe sieht.

DIE SCHWATTE SCHWEIGT

Unten, da unten in
siebenter Sohle,
da lag sie und liegt sie,
die Schwatte, die Kohle.

Die Schwatte, sie hatte
so viele Verehrer,
die Hauer, die Steiger,
die Herren, die Kehrer.

Da draußen, und oben,
auf Kohle geboren,
tönen beizeiten
jetzt Ruhrpottjunioren.

Die ganz ohne Kohle,
ein Leben auf Halde,
niemals unter Tage
in Bälde und Balde

die Schwatte besingen,
und deren Verehrer,
die Hauer, die Steiger,
die Herren, die Kehrer,

mit zwischentönerner
Zukunftsmusik.

Die Schwatte, die hatte.
Die war. Und jetzt schwieg.

DORTMUND
RUHRGEBIET
1927

DAS U IN DORTMUND

Dieses Dortmunder U.
Sie umzingeln es zu.
Mit riesigen Mauern.
Herrje! Wir bedauern.
Seit siebenundzwanzig.
Nicht Paris, nicht Danzig.
Helles Union-Bier.
Und in Dortmund. Nur hier.
Turmfalke und Taube.
Kurzfilme per Gaube.
Unterm Dortmunder U.
Ja, die Welt schaut da zu.
Und wie Städte so sind.
Investoren im Spind.
Auch Denkmals Kulissen.
Hier herzhaft geschmissen.
In tiefe Versenkung.
Investmentverschränkung.
Ins Quadratloch aus Stein.
Sinkt das U jetzt hinein.

Dieses Dortmunder U.
Sie umzingeln es zu.
Mit riesigen Mauern.
Herrje! Wir bedauern.

LIT.ALAAF – VOM RHEIN ZUR RUHR

Schwer strömt der Rhein sein breites Bett.
Die Ruhr zieht schlangenförmig nett.
Ein Zeisig zwitschert hier wie da
sein frühlingshaftes Trallala.

Frau Lit.-Kolone, die vom Rhein,
lädt sich zum alten Ruhr mal ein.
Ganz alte Schule, Herr Lit.-Ruhr,
und fragt sich still: Was will sie nur?

„Das Ruhrgebiet wird dichtgemacht,
zwanzigachtzehn ist Schicht im Schacht“,
parliert Frau Lit.-Kolone.
„Das war’s dann mit Ruhrzone!“

Lit.-Ruhr, ein feiner alter Mann,
hört sich das Trällern einfach an.

Und spricht: „Verehrte Frau Kolone,
das Ruhrgebiet ist nicht Ruh-Zone.
Tatsächlich leuchtet Licht im Schacht,
das stündlich ein Gedicht entfacht!“

Frau Kolone. Alaaf. Perplex.
Flattert nach Köln. Fünf Kölsch auf ex.

Schwer strömt die Ruhr ihr breites Bett.
Der Rhein zieht schlangenförmig nett.
Der Zeisig zwitschert hier wie da
sein frühlingshaftes Trallala.

REVIERKONIFEREN

Gestern kommt mir in die Quere
diese Edelkonifere,
zugereist aus Übersee,
lobt sie selbst sich übern Klee.

Und statt erst mal abzuwarten,
steht sie schon im Schrebergarten,
mitten drin in Borbeck-Süd,
pflanzt sich ein und glüht und blüht.

Und ich sprech zur Konifere:
„Hör mal, wenn ich du jetzt wäre,
käm ich zwar aus Übersee,
wär jedoch genau so'n Klee,

wie fast alle im Revier,
all die Koniferen hier!“

ANFANG MIT FOLGEN

1.

Acht Faltboote tauchen in Herne
am Horizont auf aus der Ferne.
Faltboothochkonjunktur
zwischen Emscher und Ruhr.
Faltboote entfalten sich gerne.

2.

Zwölf Hasen hoppeln nach Essen,
Kulturhauptstadtrasen fressen.
Denn das Grün im Revier,
ist Kulturgut wie Bier.
Rasengenuss. Unvergessen!

Janssen & Janssen: Das sind Hubertus A. Janssen und Peter Janssen.

Die Zusammenarbeit mit meinem Bruder ist großartig und beeindruckend professionell.

Was ist das Besondere an seinen Zeichnungen?

Schon lange weiß ich, dass in meinem großen Bruder Peter – inzwischen ist er allerdings nur noch älter als ich und nicht mehr größer – ein zeichnender und bildender Künstler steckt. Er hat seine Begabungen jahrzehntelang eher beruflich als Architekt umgesetzt. Seine Zeichnungen im Buch sind sehr fein, fast zart, deutlich und sehr klar, und sie tragen alle leisen Hintersinn und kluge Komik in sich. Auf die Gedichte bezogen, kann ich sagen, dass er ausgerechnet die Texte zeichnerisch gestaltet, auf die ich am wenigsten gekommen wäre. Er bebildert die besondere Herausforderung. Seine feinen, phantasievollen Striche sind gewissermaßen verwandt mit den Texten und lassen diese in anderer Erscheinungsform auftreten.

IMMER IN BEWEGUNG

DAS MORGENGEDICHT

Da denkste:
Ringelnatz, der hat's!
Und trägst nen
Ringelnatz
ratzfatz
mit Liebe vor,
ganz ohne Fransen.
Und siehe da:
Es ist en Janssen!

MISS ABSCHIED

Miss Abschied
hockt im Schatten
vor dem Haus der guten Taten,
stochert mit nem Löffel
unaufgeregt in einem mit
gepufftem Dinkel versüßten
Magermilchjoghurt
und blickt fragend
in den Abendhimmel.
Denn heutzutage will
keiner mehr
sterben.

IMMER IN BEWEGUNG

FÜR ROR WOLF 1932 – 2020

Er schoss aus allen Rohren
Wort mit Musik heraus.
Uns liegt es in den Ohren
und fliegt mit uns nach Haus.

KEIN TRAUM

Der Romantiker

Sonnentraum,
Mond, Raum und Zeit.
Es schneit.

Träume von Raum,
Sonne und Zeit.
Es schneit.

Träume von Zeit,
Sonne und Raum.
Es schneit.

Träume von Mond,
Sonne und Zeit.
Es schneit.

Mondenschein,
Raum, Traum und Zeit.
Es schneit.

Ewigkeit,
Traum, Raum und Zeit.
Es schneit.

NACHTS GEDACHT

Ich sitze da,
starre ins Leben.
Und will das meine
doch nicht geben.

FÜR CHARLOTTE

Dein Duft in
meiner Hand
trägt leise
so viel Kraft

KURZZEITKLEINIGKEIT

Ein Anhalten der Zeit.
Dazu bin ich bereit.
Jetzt festhalten die Zeit,
als Kurzzeitkleinigkeit.

LETZTE NACHRICHT

Seine Nachricht.
In meiner Hosentasche.
Seine letzte Nachricht.
Immer dabei.
Die letzte Nachricht des Freundes.
Seit Monaten immer bei mir.
Wieder und wieder gelesen.
Hervorgeholt.
Gedacht.
Seine letzte Nachricht.
Von vor dem Tod.
In meiner Hosentasche.
Der Tod war schnell.
Kam plötzlich.
Seine letzte Nachricht lautet:
„Bin jetzt zu Hause, W.“

MEIN GEFÄHRTE

Mein Gefährte
ab jetzt
ist der Augenblick.
Kurzstrecke klar!
Langstrecke ist
Geschichte.

ANTRAG

… angeflogen,
aufgesogen,
aufgekommen,
angehoben,
aufgehoben,
angesogen,
aufgeflogen,
angekommen,
angenommen …
Abgelehnt!

FEHLANZEIGE

Im Stehen, sitzend, im Gehen, liegend,
zieht es mich heute mit gewaltiger,
unsichtbarer Kraft quasi bergab.
Wo hier doch weit und breit kein
Hügel steht.

Schultern, Oberarme, Schenkel,
Beine, so schwer, unendlich bleiern, so lahm,
so über und über behäbig, kaum beweglich.

Der Kopf, schiebt sich träge,
schiebt mich,
wie weiche Knetmasse hin und her,
mal auf, mal ab.
Das Hirn schwappt rechts,
schwappt links, nach vorn, zurück.

Sitzen, Liegen, Stehen, Gehen,
wie in eines Ritters Rüstung durch
das flutende Meer zu waten.

Die ganze gestrige Sonne ist weg.
Denken, Hüpfen, Fühlen, Sehen.
Heute.
Fehlanzeige.

UNVERLÄNGERBAR

Neulich
traf mich

eine kleine
Randerscheinung.

Und ich
war ganz
klar der Meinung,

diese kleine
Randerscheinung
wollte meine

kurzen Reime

künstlich
in die
Länge ziehen.

Punkt.